L'AFFAIRE PONCHO DEL PANCHA

Catalogage avant publication de Bibliothèque et Archives nationales du Québec et Bibliothèque et Archives Canada

Mercier, Johanne

   L'affaire Poncho del Pancha

   (Brad ; 5)
   Pour enfants de 9 ans et plus.

   ISBN 978-2-89591-093-0

   I. Daigle, Christian, 1968- . II. Titre. III. Collection : Mercier, Johanne. Brad ; 5.

PS8576.E687A75 2010   jC843'.54   C2009-941569-0
PS9576.E687A75 2010

Tous droits réservés
Dépôts légaux : 3e trimestre 2009
Bibliothèque nationale du Québec
Bibliothèque nationale du Canada
ISBN 978-2-89591-093-0

© 2009 Les éditions FouLire inc.
4339, rue des Bécassines
Québec (Québec) G1G 1V5
CANADA
Téléphone : 418 628-4029
Sans frais depuis l'Amérique du Nord : 1 877 628-4029
Télécopie : 418 628-4801
info@foulire.com

Les éditions FouLire reconnaissent l'aide financière du gouvernement du Canada par l'entremise du Programme d'aide au développement de l'industrie de l'édition (PADIÉ) pour leurs activités d'édition.

Elles remercient la Société de développement des entreprises culturelles du Québec (SODEC) pour son aide à l'édition et à la promotion.

Elles remercient également le Conseil des Arts du Canada de l'aide accordée à son programme de publication.

Gouvernement du Québec – Programme de crédit d'impôt pour l'édition de livres – gestion SODEC.

L'AFFAIRE PONCHO DEL PANCHA

JOHANNE MERCIER

Illustrations
Christian Daigle

Roman

Petit-déjeuner ensoleillé chez la famille Pomerleau. Dans son pyjama rayé, Albert se verse un café en sifflotant. Il tartine ses rôties de gelée de pommettes, ouvre le journal et tourne les pages lentement. Huguette, Jules et Guillaume l'observent du coin de l'œil. Albert est détendu, parfaitement calme et plutôt souriant. Pas de doute, il a oublié la mission qu'il doit accomplir aujourd'hui.

– Mon chéri... finit par lui dire Huguette.

– Hmmm?...

– Tu sais que c'est à ton tour, n'est-ce pas?

– À mon tour de?...

Huguette échange un regard avec ses deux fils. C'est bien ce qu'ils craignaient. Albert a oublié. Ou il a volontairement chassé l'idée en se réveillant ce matin. Ce qui est fort possible aussi. Elle devine que la bonne humeur de son mari s'effritera aussitôt qu'elle lui rafraîchira la mémoire, mais elle n'a pas le choix. Elle fonce.

– C'est toi qui dois divertir Brad.

Cette fois, Albert lève les yeux de son journal.

– Moi ? Divertir Brad ? Pas du tout ! C'est Guillaume qui va au ciné…

– Suis allé voir un film avec lui hier soir, p'pa.

– Jules alors ?

– J'ai essayé de l'initier au basket toute la semaine.

– Et moi, j'ai visité les marchés aux puces avec lui mercredi. On a tous fait notre effort, Albert.

– Tu veux dire que je vais avoir le génie sur les talons toute la journée?

Et voilà. Terminé, le sourire.

– Jamais vu un chagrin d'amour s'éterniser de la sorte, maugrée déjà Albert.

– Brad était sur le point de se marier avec Mimi. Ce n'est pas rien.

– Des mois qu'on essaye de lui changer les idées et monsieur ne fait que pleurnicher sur son sort.

Il faut bien admettre ici qu'Albert a un peu raison. Depuis sa rupture avec Mimi Larochelle, les Pomerleau déploient des trésors d'imagination pour remonter le moral du génie, mais toujours sans succès. Brad se contente de se lamenter. Y aurait-il un peu de mauvaise volonté de sa part ? Peut-être bien.

– Tu pourrais aller jouer au golf avec lui ? Il adore ça.

– Jules a une bonne idée ! renchérit aussitôt Huguette. Une activité en plein air lui fera le plus grand bien...

Albert considère la suggestion. Il jette un œil à la fenêtre et finit par annoncer, sourire en coin :

– Je vais le réveiller.

– Déjà ?

– L'avenir appartient à ceux qui déjeunent en même temps que le reste de la famille ! déclare Albert en se dirigeant vers la chambre du génie.

Ce matin, Bradoulboudour ne fera pas la grasse matinée.

– C'EST L'HEURE DE SE LEVER, BRAD! claironne Albert en frappant trois petits coups sur la porte.

Il tend l'oreille. Pas un bruit ne monte. Évidemment!

«Quel sommeil de plomb! se dit Albert. Je suppose qu'il est resté prostré devant la télé jusqu'à 3 heures du matin, encore...»

– Allez, debout, Brad! J'ai une activité à vous proposer.

– ...

– Et parce que je suis de nature généreuse, je vous laisse le choix...

Toujours le silence.

– Vous pouvez teindre la clôture, vider les gouttières ou réparer la toiture. Que préférez-vous?

On entendrait une mouche voler.

– Vous êtes sourd ou quoi?

N'y tenant plus, Albert ouvre la porte, mais paralyse sur-le-champ. Non seulement il n'y a pas le moindre génie dans le lit, mais il n'y a plus la moindre trace de son passage non plus. Pas une seule petite traînerie. Pas même un vieux bol de *pop-corn* sur le plancher. Rien. Nickel partout. Le lit est fait, l'oreiller est gonflé.

Le génie a disparu.

Brad aurait-il été victime d'un enlèvement? Le bruit courait peut-être qu'un génie de potiche habitait Saint-Basile depuis quelques années. On l'aurait tout bêtement kidnappé? Mais qui? Qui aurait pu commettre ce crime? Madame Turgeon, la voisine, peut-être? La liste des suspects est longue. Entre nous, tout le monde a trois petits vœux secrets à faire réaliser. Vous aussi, non? Pour être honnête,

à l'heure qu'il est, vous faites partie des suspects…

Médusé, Albert pénètre lentement dans la chambre de Brad et part à la recherche d'indices. Y a-t-il des empreintes sur les meubles ? Des tessons de verre sur le tapis ? Des traces de pas dans le jardin ? Non, rien de tout cela. Albert ouvre les tiroirs, fouille la penderie, regarde sous le lit et finit par tomber sur une note laissée sous le pied de la lampe de lecture. Il la saisit, la lit, la relit et revient à la cuisine, les poings serrés.

– Alors ? demande candidement Huguette. Vous partez au golf ou bien…

Elle s'arrête net. Une expression dans les yeux d'Albert l'inquiète tout à coup. Les deux enfants ont remarqué le changement d'humeur, eux aussi.

– Que se passe-t-il, Albert? Un problème? Une mauvaise nouvelle?

– Brad nous a quittés cette nuit... laisse-t-il tomber sans sourire.

– Brad est parti pour toujours? craint aussitôt Jules.

– Parti où? demande Guillaume.

– Au Mexique, mes enfants!

– Brad a fait une fugue? s'étonne Huguette.

– Oh, la fugue, ce n'est pas le pire, ajoute Albert. Vraiment pas...

Un tsunami d'inquiétude les envahit tous. Huguette n'est pas certaine de vouloir entendre le pire. L'estomac de Guillaume se noue. Jules ronge ses ongles. Albert finit par annoncer gravement:

– Brad est parti avec ma valise!

– Pardon? fait Huguette, froidement.

– Oui, madame. Ma belle valise en cuir noir... Tu ne dis rien?

– On apprend que notre génie est au Mexique même s'il nous doit toujours un vœu, et tu t'inquiètes pour ta VALISE?

– Un souvenir de mon oncle Dorville...

Ébranlés par la nouvelle (celle du départ de Brad et non pas celle du vol de la valise, évidemment), Huguette et les enfants quittent la cuisine. Albert se verse une autre tasse de café fumant. Le petit matin ensoleillé des Pomerleau vient de s'assombrir.

Il faut bien dire ce qui est, l'idée de l'escapade au Mexique n'est pas de Bradoulboudour, mais de son grand ami Pépé. Comme la famille Pomerleau, et comme tous ceux qui côtoyaient le génie ces derniers temps, Pépé ne supportait plus de voir son copain se répandre en soupirs et en larmoiements. Pour lui, la solution était simple : il fallait bouger, voir du pays, s'évader, changer d'air.

Un matin, alors que Brad refusait une fois de plus d'avaler son gruau en étouffant quelques sanglots, Pépé a déclaré, en posant une main compatissante sur son épaule :

– Mon pétit Bradoul, yé pense qué yé viens dé trouver la soloutionne à ton *problema*! Nous allons quitter lé pays, toi et moi.

– Je ne peux pas abandonner les Pomerleau.

– Mais si. Nous allons partir à l'aventoure! Tou aimes l'aventoure, Bradoul?

– Je ne sais pas.

– Tou connais Mexico?

– Mimi cuisinait bien le chili…

– Oublie Mimi! Oublie son chili et fais ta valise!

– Je n'ai même pas de valise.

– Oublie la valise aussi.

– Je n'ai pas un sou, Pépé.

– L'argent, cé né yamais oune *problema* pour Pépé. Nous habitérons chez mon cousin Sancho. Yé viens dé récévoir son invitationne. Il dit qu'il a oune pétit commerce dé castagnettes et qué nous pourrons travailler avec loui!

– Bof...

– On féra dé la mousique!

– Je ne sais pas jouer...

– Qu'est-ce qué tou racontes, Bradoul? Tou es lé roi des castagnettes!

– Le roi des malchanceux, oui.

– Dis aux Pomerleau qué tou files au soleil pour sécher tes larmes. Ils comprendront.

– Je ne sais pas, Pépé...

– On partira cette nouit. Sous les rayons dé la loune!

– Cette nuit, c'est trop tôt.

– Yamais trop tôt pour profiter dé la vie, *amigo*! Fais confiance à Pépé.

Et de fil en aiguille, de discussions en arguments de poids, Bradoulboudour a fini par craquer. S'assurant que la famille Pomerleau dormait à poings fermés, le génie a tout bien rangé sa chambre, glané quelques articles ici et là, puis il a rédigé une petite note, qu'il a dû recommencer 20 fois.

> *Mes amis, mes chers, mes très chers amis Pomerleau,*
>
> *Quand vous lirez ces lignes, je serai déjà loin. Je pars avec mon ami Pépé au pays des nachos et des sombreros, histoire d'oublier à jamais celle que j'aime toujours. Pépé m'assure que l'argent ne sera jamais un problème, alors ne vous inquiétez pas.*
>
> *Surtout, soyez heureux, maintenant.*
>
> *Je demeure votre tout dévoué génie, éternellement.*
>
> *Bradoulboudour*
>
> *P.-S. Albert, j'ai emprunté votre valise noire, votre rasoir et votre imper. Merci pour tout.*

Puis, sur la pointe des pieds, sans faire le moindre bruit, le génie Brad a quitté la maison de ses maîtres, le cœur plus lourd que sa valise. Il est monté dans la MG et le soleil s'est levé.

* * *

Ils roulent depuis des heures en s'empiffrant de croustilles et de chocolat noir pour tenir le coup. Brad est toujours au volant et se demande s'il a pris la bonne décision. Plus il s'éloigne de Saint-Basile, plus il s'éloigne de Mimi et plus il s'ennuie...

À ses côtés, Pépé est volubile et joyeux.

– Au Mexique, yé vais rétrouver dé tas d'*amigos* avec dé tas dé projets formidables. Yé souis content qué tou sois là, Bradoul. Tou veux oune autre chocolat?

– Non.

Le paysage défile. Le vent est doux. Ils sont déjà ailleurs.

– Oh là là! s'écrie soudain Pépé. Yé crois qu'on a oune pétit *problema*!...

Un bruit étrange vient de l'arrière de la voiture. Une odeur, aussi. Celle du caoutchouc brûlé. Brad confirme que la conduite est plus difficile tout à coup. Il s'agrippe au volant et décélère. Un pneu, sans doute... Une crevaison, peut-être? Comme si c'était le moment! Remarquez, il n'y a jamais de bon moment pour faire une crevaison.

– On dévrait s'arrêter ici, Bradoul. Cé né pas très proudent...

Le génie choisit plutôt de prendre la première sortie. Il ne sait pas comment changer un pneu. Pépé non plus, d'ailleurs. Ils aboutissent donc au beau milieu de Sainte-Eulalie-de-Crampton.

Quelques maisons, des champs, des vaches, un chat, une épicerie, un bureau de poste et ah! tout de même, Dieu merci, une petite station-service. Ils s'arrêtent devant la pompe et attendent...

Un homme, bâti comme une armoire antique, s'approche aussitôt de la voiture.

– Le plein? dit-il sans sourire.

Pépé et Brad n'osent pas contredire le monsieur, qui remplit déjà le réservoir en tournant un cure-dent dans sa bouche.

– Autre chose? demande le molosse, en replaçant bruyamment la pompe.

– On a oune pétit *problema* avec lé pneu...

Le garagiste jette un œil. Pas besoin d'en rajouter. Il a saisi le problème.

– Complètement fini! annonce-t-il, sans prendre de gants blancs.

– Oh!

– On n'a pas ce genre de pneu à Sainte-Eulalie! Faudrait commander. Au moins six mois d'attente! C'est un modèle de collection que vous avez là! J'installe la roue de secours?

– On a une roue de secours?

Le pompiste ouvre déjà le coffre arrière de la MG et cherche la roue. Comme elle est située sous les bagages, il sort tout. Sans grande précaution.

– Vous allez loin, comme ça? s'informe-t-il en jetant les valises au sol.

– Mexico! lance aussitôt Pépé, tout content d'entamer un brin de conversation pour détendre l'atmosphère. Oune invitationne dé mon cousin Sancho…

Mais la discussion s'arrête là.

– J'en ai pour dix minutes, estime le garagiste, déjà en train de déboulonner les écrous, allez prendre un p'tit café en attendant!

Le ton est plutôt ferme. Dociles, Brad et Pépé se dirigent vers la cabane. Une dame pas très accueillante leur offre un beigne pas très frais et un café pas très chaud. Ils parlent avec elle du temps qu'il fait et qu'il fera. De quoi meubler la conversation une bonne dizaine de minutes. Puis le costaud annonce que la petite réparation est terminée, qu'il a même passé un coup de chiffon sur le pare-brise et vérifié le niveau de l'huile. Pépé paye la note : l'essence, la petite réparation, les beignes pas frais, les cafés tièdes, la pinte d'huile et ajoute un pourboire pour le coup de chiffon.

Ils quittent Sainte-Eulalie en souhaitant que la roue tienne le coup. Silencieux et vigilants, ils roulent sans faire de pause.

Le soleil brille. La roue tient. Tout va bien. Ils roulent jusqu'à ce que Pépé constate que la MG zigzague sérieusement et que les paupières de Brad commencent à cligner.

– Tou es fatigué, Bradoul. Courage! Nous arrivons chez Carla dans quelques minoutes.

– Qui?

– Yé té yamais parlé dé ma Carla?!

Brad n'a même jamais entendu ce prénom.

– Aaaah, Carla! s'enflamme Pépé. Loumineuse comme oune étoile dans la nouit. Tou comprendras quand tou la verras...

– On va dormir là?

– Sí! Carla vient d'ouvrir oune pétite auberge. Mon cousin Sancho m'a bien dit de m'arrêter chez elle.

Quelques minutes plus tard, nos deux aventuriers se tiennent devant la porte d'une auberge rouge et blanche, un peu déglinguée. Une halte bien méritée dans la dernière ville avant la frontière.

– Es-tu certain qu'elle se souviendra de toi? demande Brad.

La réponse ne tarde pas à venir. À peine ont-ils poussé la porte qu'ils entendent hurler:

– PÉPÉÉÉÉ?!

– CARLA...

– Mon petit Pépé chériiii, je ne rêve pas ? C'est bien toi ?

– Yé souis content dé té révoir, ma Carlita !

Et Carla l'est visiblement aussi. Je passe sous silence les accolades, les effusions et l'escalade de fous rires qui suivent ces touchantes retrouvailles. Brad s'en passerait bien aussi. Se tenant à côté d'eux, silencieux comme un élève en punition, il les écoute d'une oreille distraite en rêvant d'un bon lit douillet.

– Yé té présente mon grand ami Bradoul, finit par dire Pépé.

Carla est enchantée. Ravie de connaître monsieur Bradoul. Affirme que les amis de Pépé sont ses amis et tout et tout.

– Vous passerez la nuit ici et demain, je cuisinerai des crêpes au caramel ! annonce-t-elle, rayonnante.

– Yé vais chercher les bagages!

– Mais non, Pépé! Je vais les faire monter… Antoniooo! Nous avons des invités!

Un jeune homme dans la vingtaine apparaît aussitôt derrière elle. Cheveux hirsutes et l'air timide. D'où sort-il? De derrière le comptoir? De la garde-robe? De la salle à manger? Difficile à dire. La pièce est si sombre. Antonio salue poliment Brad et Pépé.

– Va chercher les valises dans la voiture et monte-les dans la chambre 8, lui demande Carla.

– D'acc!

– Suivez-moi, ajoute-t-elle en grimpant à l'étage. Tu es en route pour quelle destination, cette fois, mon petit Pépé?

– Yé vais révoir mes *amigos* y mon cousin Sancho.

– Ah! Mexicooo! Que de bons moments passés là-bas avec toi, ton cousin Sancho et toute la bande. Est-ce que tu...

Carla se tait, s'arrête net au milieu de l'escalier et se retourne brusquement:

– Antonio? Tu vas chercher les bagages?

– Oui-oui.

Le jeune homme semble visiblement plus enclin à écouter parler du Mexique qu'à transporter des valises. Rêve-t-il de voyage et de soleil? On peut comprendre...

Carla ouvre la chambre 8. Dans la pièce, une puissante odeur de renfermé prend les deux voyageurs à la gorge. Le tapis est poussiéreux, le décor d'un goût douteux. Brad a le cafard.

Il pense à Mimi, se dit que Mimi n'aurait pas aimé l'endroit, se demande où est Mimi et si Mimi serait venue au Mexique avec lui.

– Installez-vous confortablement et je vous monte un bon chocolat chaud, leur dit Carla après avoir baissé le store jauni auquel il manque plusieurs lattes.

– Avec une petite guimauve ? demande Brad, histoire de se remonter le moral un peu.

Carla sourit. Et le cœur de Pépé fond comme une guimauve dans un chocolat chaud, justement.

Au bout d'un moment, les tasses vidées, les bons souvenirs remémorés, Bradoulboudour annonce qu'il tombe de sommeil.

Carla bondit aussitôt.

– Toujours la même histoire avec Antonio. C'est un bon garçon, mais il n'est pas très rapide. Je vais voir ce qu'il fait…

– C'est votre fils ? s'informe Brad.

– Le neveu de mon amie Sofia. Il habite ici depuis deux mois. Il voulait faire des sous et, comme j'avais besoin d'aide, j'ai accepté de le prendre sous mon aile. Mais vous ?

– Moi ? bafouille Brad, surpris par la question.

– Que faites-vous dans la vie, monsieur Bradoul ?

– Je... Eh bien, je sais tresser des paniers, astiquer des sabres, atteler les chevaux, tanner le cuir, battre le chanvre, découper du papyrus, fabriquer des sabots, lustrer les étoffes, plier la batiste...

Et voilà Carla qui rigole et qui apprécie la vivacité d'esprit de monsieur Bradoul, son humour, son fez et l'imprimé de sa cravate. Mais Brad ne voit vraiment pas ce qu'il a pu dire de si amusant.

Ce sont toutes des activités qu'il exécutait brillamment au palais du grand vizir Jamil et avec ses derniers maîtres. Ceux qui ont précédé Albert Pomerleau.

Carla prend congé de ses invités et le jeune Antonio apparaît avec les valises peu de temps après.

– Je suis désolé... je... j'ai...

– *No problema*... fait Pépé.

– Vous partez demain pour Mexico ? s'intéresse le jeune homme.

– Yé vais rétrouver mon cousin Sancho.

– Vous en avez, de la chance...

– Nous filons demain très tôt, ajoute Brad en apercevant une araignée qui tisse sa toile entre la table de nuit et le lavabo.

– Bon voyage, alors !

Mais le lendemain, les choses ne se déroulent pas tout à fait comme prévu. Pour tout dire, au petit-déjeuner, la jolie Carla a bien du mal à retenir ses larmes...

– Je ne supporte pas de te voir partir, Pépé...

– Mais, ma Carlita, yé réviendrai!

– Je t'ai attendu si longtemps.

– C'est vrai?

– Reste au moins jusqu'à demain!

Comment refuser?

– Bradoul? Tou acceptérais dé rester yousqu'à démain?

Comment dire non à Pépé quand il fait ces yeux-là?

Et voilà Carla qui cuisine les crêpes au caramel, couvre ses invités de petites attentions et rigole de toutes les blagues de Pépé. Même celles qui ne sont pas drôles. Pépé lui tient la main. Carla lui prend le bras. Ils visitent un musée de voitures antiques et assistent à un spectacle de mambo tous les trois. Et le bonheur de Pépé ravive la douleur de Brad. Mimi qui lui prenait le bras, Mimi qui riait de toutes ses blagues, elle aussi…

Le surlendemain de leur arrivée, même si Carla insiste pour qu'ils restent encore un peu, Brad et Pépé lui font leurs adieux. Déchirants. Pour Pépé, surtout. Il promet de revenir la voir bientôt.

– C'est vrai ? soupire Carla.

– Cé né pas oune promesse, ma *bonita* Carlita, cé oune certitoude !

Et ils s'embrassent. Un baiser comme au cinéma. Et Brad fait celui qui regarde ailleurs en pensant à vous savez bien qui.

Puis, les deux compagnons re-prennent la route en direction de la frontière canado-américaine. Ils y seront vers midi. C'est du moins ce que leur a affirmé Antonio en déposant les valises dans le minuscule coffre arrière de la MG.

Tout bien considéré, avec quelques jours de recul, et en oubliant la valise de son oncle Dorville, la fugue de Bradoulboudour au Mexique demeure pour Albert Pomerleau une extraordinaire nouvelle. La meilleure des dernières années, à vrai dire. Après tout, leur dernier vœu peut bien attendre (depuis le temps qu'il attend, de toute manière). Les voyages forment la jeunesse, s'ennuyer a du bon et s'exiler forme le caractère. Le génie reviendra sans doute plus mature. Plus à l'écoute, peut-être. Plus altruiste, qui sait? Plus bronzé, du moins. Et puis, conserver un dernier vœu en réserve, c'est un peu comme avoir un petit trésor caché au fond d'un coffre-fort, non? Une assurance-bonheur. Une provision d'espoir.

Bref, depuis le départ de Brad, Albert Pomerleau se porte à merveille. Et même si cela paraît contradictoire, sans le génie sous son toit, Albert se surprend à rêver. Il compte bien profiter de l'absence de Bradoulboudour pour réaliser quelques projets qui lui tiennent à cœur. Un voyage peut-être, un peu de rénovations sans doute, mais surtout du repos, beaucoup de repos.

Pour Albert, tout serait parfait dans le meilleur des mondes, s'il n'y avait pas... l'agent Duclos, qui vient fidèlement visiter les Pomerleau tous les soirs. Toujours à la même heure. Toujours pendant le souper. Comme par hasard...

– Alors ? pleurniche-t-il chaque fois en se tenant tout piteux dans l'embrasure de la porte. Vous avez des nouvelles de notre ami Brad ?

– Hélas non, lui répond toujours Huguette.

– Vous êtes inquiète aussi, n'est-ce pas ? Ce n'est pas normal, ce silence…

– Entrez, Duclos. Vous n'avez pas encore soupé, je présume ?

– Bah, je n'ai pas faim du tout. L'inquiétude me noue l'estomac, vous savez.

– Dommage, parce que nous mangeons des escalopes milanaises.

– Une toute petite, alors.

Le scénario se répète ainsi, soir après soir. Discutant de choses et d'autres, l'agent avance, se faufile dans le couloir, rase les murs et se retrouve inévitablement devant un bon repas chaud. L'air de rien mais tout de même habile, le policier.

– Rachurez-vous, je ne vais pas rechter longtemps, finit-il par annoncer en avalant goulûment sa cinquième escalope.

– Ne faites pas de promesses que vous ne pourrez pas tenir… ronchonne Albert.

– Délichieuses echcalopes, en pachant…

Au fil de la soirée, Duclos s'impose, s'installe et prend ses aises. Et même quand Albert s'étire et annonce clairement qu'il est grand temps pour tout le monde de se METTRE AU LIT, l'agent Duclos ne comprend pas le message…

– Bonne nuit, Duclos !

– Bonne nuit, Albert !

– Il est temps d'aller dormir…

– Eh oui. Faites de beaux rêves…

– Qu'attendez-vous, Duclos ?

– Pour ?

– Partir !

– Je regarde la fin du téléjournal et je file. Promis. Ne vous inquiétez pas, Albert. Je verrouillerai la porte en sortant.

– NON, DUCLOS!

– Je la laisse déverrouillée? Bon. Très bien. Remarquez, ce n'est pas très prudent, avec tous les cambriolages qui surviennent dans le quartier...

– Évidemment, si les policiers faisaient leur travail plutôt que de venir pleurnicher...

– Pardon?

– Brad est parti pour un bon moment, Duclos. Oubliez-le!

– Vous me demandez d'oublier mon meilleur ami? Avez-vous un meilleur ami, Albert? Un confident, un complice, un compagnon de billard, un frère, un copain sur qui vous pouvez toujours compter?

– Vous m'épuisez, Duclos. Je vais me coucher.

– Je verrouillerai.

Évidemment, une fois seul avec Huguette, Albert fulmine de plus belle.

– Bien assez d'avoir enduré Brad, nous voilà maintenant envahis par Duclos! Le cauchemar ne finira jamais, Huguette! Jamais!

– Il a perdu son meilleur copain, Albert, c'est normal qu'il recherche un peu de compagnie.

– Et si nous partions?

– Partir? Où ça?

– En Toscane, tiens!

– La Toscane, c'est le dernier vœu qu'on pensait demander à Brad, non?

– Pourquoi attendre? Pourquoi remettre à demain les désirs qu'on peut réaliser aujourd'hui?

– Parce qu'on a la chance incroyable d'avoir un génie, Albert.

– Je te rappelle qu'il est au Mexique, ton génie ! Depuis qu'il est entré dans notre vie, il n'a jamais été foutu de répondre à un seul de nos désirs et, avant qu'il se remette en branle et qu'il soit vraiment en état de réaliser notre dernier vœu, on sera vieux !

– Tu exagères...

– Brad a peut-être pris la poudre d'escampette définitivement. On ne va pas l'attendre toute notre vie !

– Seulement quelques semaines...

– Si on aime la Toscane, rien ne nous empêchera de demander à Brad une grande villa là-bas.

Huguette réfléchit à la question un moment.

«*Soyez heureux, maintenant*», leur a écrit Brad. Entre les lignes, devaient-ils comprendre qu'il s'agissait d'une lettre d'adieu? Bradoulboudour avait-il l'intention de refaire sa vie au Mexique?

Huguette finit par approuver l'idée du voyage. Ceux qui n'ont jamais eu de génie font aussi des folies, après tout.

– Albert, sais-tu à quel point je t'...

– AAAAAAAAAAAAAAH!

Albert Pomerleau n'entendra jamais la suite de cette déclaration d'amour. Le cri, le hurlement, devrait-on dire, vient du salon. Un cri strident. Mélange de panique, de trouble, d'inquiétude, de désarroi. Albert et Huguette accourent aussitôt. Les enfants sont déjà sur les lieux, ameutés eux aussi par l'appel au secours du policier. Toujours assis sur le divan, les yeux rivés sur le téléviseur, l'agent Duclos est livide, hyperventilé, sans voix.

46

Bref, rien ne va plus pour lui. Son corps est là, mais son esprit semble déjà loin.

– Qu'avez-vous, Duclos ? s'écrie Albert en s'activant autour de lui. Un malaise ? Des engourdissements ? Mal au bras gauche ? Combien de doigts voyez-vous ?

– Laisse-le respirer un peu, Albert. Tu vois bien qu'il est incapable de répondre.

– Faites un signe, Duclos ! insiste Albert en lui tapotant la joue un peu trop fort. Un mouvement de paupières, quelque chose !

Toujours rien de la part du policier. Ses yeux exorbités semblent chercher un réconfort dans ceux de ses hôtes aussi paniqués que lui.

– Fais le 911, Jules ! ordonne Albert.

Duclos lève faiblement la main, indiquant à Jules de ne rien faire.

– Il fait une crise d'hypoglycémie! avance maintenant Huguette. Regardez comme il tremble! Il manque de sucre! Va chercher un morceau de chocolat, Guillaume!

Guillaume file et revient illico avec la vieille Caramilk qui traînait depuis des mois dans sa chambre.

– Poncho del Pancha... murmure l'agent en mâchouillant le chocolat fondant.

– Qu'est-ce qu'il dit? demande Albert.

Même Jules, qui est assis tout près, n'a pas saisi non plus.

– Poncho del Pancha... répète Duclos.

– Quelle langue parlez-vous, nom de Dieu?!

48

– Il délire, le pauvre homme… murmure Huguette.

– Là, à la télé ! On vient de dire que Brad est mêlé à cette sale affaire, laisse tomber l'agent.

– Brad ? Notre Brad ? s'affole Huguette.

– Qui d'autre ?... fait Albert, se prenant la tête à deux mains.

– Brad est dans un sérieux pétrin, ajoute le policier en s'extirpant du sofa.

Duclos avance vers la petite table en demi-lune, saisit le téléphone, compose un numéro en tremblant et finit par rejoindre le lieutenant Morissette.

– Oui, chef... une filière de Poncho del Pancha, je sais...

Cette fois, Duclos jette un œil autour de lui et chuchote :

– Je vais faire ma petite enquête personnelle... Oui, très subtilement, compris. Pardon, chef ? Oui, je sais ce que veut dire le mot subtilement ! affirme le policier, qui n'en a pas la moindre idée.

Duclos dépose le téléphone, remet sa casquette de policier, défroisse sa chemise, enfile sa veste, replace le col, enlève une petite miette sur sa manche, prend une profonde inspiration et annonce officiellement à la famille Pomerleau :

– Je vais quitter la ville pour un bon moment. Je vous écrirai.

– Duclos, vous ne sortez pas d'ici avant de nous avoir tout dit ! ordonne Albert.

– Désolé, je ne peux rien divulguer pour l'instant...

– Nous devons tout savoir! s'énerve à son tour Huguette. Brad est notre ami! Nous sommes son unique famille! Il n'y a rien qu'on ne ferait pas pour lui.

– Brad est en prison? ose demander Jules.

– Qu'est-ce que cette andouille a encore inventé? PARLEZ!

– Secret professionnel.

– Qu'est-ce que vous racontez? Vous l'avez appris à la télé en même temps que des milliers de téléspectateurs!

Duclos reste impassible. Les Pomerleau ont beau s'agiter, paniquer, insister, il ne bouge pas d'un iota. En parfait contrôle, il finit tout de même par préciser:

– Je dois partir pour le Mexique.

– Vous allez rejoindre Brad? C'est grave, alors? s'exclame Huguette.

– J'en ai déjà trop dit.

– Vous n'avez rien dit du tout! explose Albert.

– Tut, tut, tut.

– Cessez de faire vos stupides «tut, tut, tut» et donnez-nous des détails!

– Je vous écrirai.

– PARLEZ-NOUS pendant que nous sommes devant vous!

L'agent Duclos hoche la tête, s'excuse, leur lance un dernier regard chargé d'émotion et ferme lentement la porte derrière lui.

L'effet dramatique est complètement raté, puisqu'il revient aussitôt.

– Petite question, Albert: êtes-vous lié de près ou de loin à la filière Poncho del Pancha?

– Je ne comprends même pas ce que vous dites...

– Pas de faux-fuyant. Répondez simplement aux questions et tout ira bien.

– Huguette, qu'est-ce qu'il raconte, notre policier? Il est encore en manque de sucre ou quoi?

– Je ne fais que mon devoir, Albert. Vous devez comprendre qu'il y a Duclos l'ami et Duclos le policier. Il ne faut pas mélanger les deux. En ce moment, c'est Duclos le policier qui s'adresse à vous. Alors?

– Est-ce que j'ai l'air d'un escroc, Duclos?

– C'est-à-dire que...

– Sortez!

– Refus de collaborer avec les forces de l'ordre, c'est 300 dollars plus les frais de...

– Huguette, dis-lui de sortir, s'il te plaît!

Duclos ne recule pas et poursuit:

– À l'heure qu'il est, Brad est probablement derrière les barreaux, Albert. Il fait face à des accusations de complot et de trafic de faux pesos. Falsification d'argent, ça va chercher dans les dix ans de prison, vous comprenez?

– Trafic de quoi?

– Si vous avez quelque chose à vous reprocher dans cette affaire, confiez-vous maintenant, Albert. C'est Duclos l'ami qui parle.

– Je n'ai rien à me reprocher et je vous demande de sortir de chez moi.

– Entrave au travail de policier, ça va chercher dans les cinq ans. C'est Duclos le policier qui s'adresse à vous, maintenant.

– DEHORS! C'est Pomerleau à bout de nerfs qui vous le dit!

– Vous empirez votre sentence. Rudesse envers un policier, c'est...

Albert pousse l'agent dehors, claque la porte, la verrouille, baisse les stores et éteint les lumières.

Huguette reste un long moment au salon à broyer du noir.

Ce n'est que le lendemain, en se plongeant tour à tour dans le journal quotidien, que les membres de la famille Pomerleau en apprennent davantage sur cette nébuleuse affaire de faux-monnayeurs. Sans toutefois y accoler de noms, on y montre le portrait-robot des deux individus recherchés. Sans doute les mêmes portraits qu'on a diffusés au téléjournal la veille et qui ont tant fait paniquer l'agent Duclos...

– Ce n'est pas Brad du tout! lance d'abord Albert.

– P'pa, tu penses vraiment qu'il y a beaucoup de petits hommes avec une moustache tournée, un gros nez, un fez et une cravate horrible?

– Brad a peut-être un frère jumeau? Ou pire: un clone! Il y a peut-être des milliers de Brad qui parcourent le monde. Chaque famille a peut-être un Brad caché quelque part. Ah! j'en ai des sueurs froides...

– Albert, c'est bien lui! tranche Huguette, regardant la photo de près.

Guillaume relit tout haut un extrait de la nouvelle...

Poncho del Pancha est une filière du cartel Consuelo, à la tête d'un important trafic de faux pesos. L'individu recherché aurait opéré avec un présumé complice d'origine mexicaine.

– Pépé... laisse tomber Huguette.

À la frontière canado-américaine, les deux comparses ont pris la fuite. Un des deux individus n'avait ni papiers ni passeport. Les policiers n'ont jamais pu les rattraper. Il semble que les autorités mexicaines suivent en ce moment une piste

importante qui les mènera prochainement à l'arrestation de celui qui est à la tête du cartel. L'homme opérerait au Canada, dans une petite municipalité, depuis de nombreuses années.

– De mieux en mieux... ronchonne Albert. Un génie qui fait le trafic de faux pesos, maintenant!

– Je suis certaine qu'il est innocent! affirme Huguette. On l'a dupé, le pauvre. On a abusé de sa bonté! Brad est si naïf, si candide...

Elle repense à la note que Brad a laissée...

« Pépé m'assure que l'argent ne sera jamais un problème... »

Pépé serait donc à la tête de cette machination? Pépé si gentil, si généreux, si prévenant? Sa relation avec Brad et les Pomerleau ne serait que mensonge, ruse et supercherie? Non. Ce n'est pas possible.

Pas lui.

Pas Pépé!

À moins que...

La nuit venue, bien que rongée par l'inquiétude, la famille Pomerleau finit par se laisser bercer dans les bras de Morphée. Ils dormiront jusqu'à 2 h 48 précisément. Jusqu'à ce que la sonnerie du téléphone les fasse tous sursauter! Une sonnerie urgente, criante, troublante comme le sont tous les appels qui retentissent au milieu de la nuit. Albert se précipite aussitôt au salon. Se cogne le petit orteil sur une étagère ancienne qui n'était pas là hier, il pourrait le jurer. Il cherche désespérément le téléphone sans fil et finit par le trouver entre les coussins du sofa.

– OUI! ALLO? répond-il, essoufflé.

À l'autre bout: pas un mot.

– Y a quelqu'un? demande Albert, intrigué. Allo?

– *Grchgrchcrichchrcrichh…*

– La communication est très mauvaise. Qui êtes-vous?

– Albert!

– BRAD! C'est vous? Où êtes-vous?

Huguette arrive à la course, fonce tout droit dans l'étagère elle aussi et lance en panique:

– Je veux lui parler!

Albert lui fait signe d'attendre un moment.

– Je suis innocent, Albert. Je jure que je n'ai rien fait. Vous me croyez, n'est-ce pas?

– Évidemment que je vous crois, Brad. Vous ne faites jamais rien, j'en sais quelque chose!

– J'aurais besoin de *grchgrchcrich-chrcrichh*…

– Quelle idée aussi de faire une fugue! Je ne suis vraiment pas fier de vous, Bradoulboudour! Vous savez que vous nous devez toujours un vœu? Alors vous…

– LAISSE-MOI LUI PARLER! s'énerve Huguette en enlevant le téléphone des mains d'Albert. Ce n'est pas le moment de le gronder, pauvre petit!… Allo, Brad? C'est moi. C'est Huguette. Votre amie. Comment allez-vous?

– J'ai *grchgrchcrichchrcrichh*…

– Pardon?

– *Grchgrchcrichchrcrichh…* Huguette!

– Je n'entends rien!

Albert reprend le téléphone.

– Je vous ordonne de rentrer à la maison immédiatement, vous m'entendez? Espèce de...

À nouveau le silence. Brad a raccroché. Ou la communication a été coupée. Ou quelqu'un a forcé Brad à raccrocher avant de le pendre par les pieds et de l'enfermer dans un cachot noir et humide? Tout est possible. Albert dépose le téléphone. Inquiet, tout de même.

Huguette et lui ne fermeront plus l'œil de la nuit.

– Ne paniquons pas! Surtout, ne paniquons pas! répète sans cesse Huguette, en faisant les cent pas dans la maison ce matin.

– Brad va sûrement rappeler, *mom*! Au moins, on sait qu'il est toujours vivant.

– Vivant, vivant… On sait qu'il était vivant jusqu'à trois heures cette nuit, mais après? Hein? Que s'est-il passé, après? Peut-être qu'un membre du cartel poncho chose a décidé de lui régler son compte!

Guillaume ne réplique pas. Il le sait: rien ni personne ne pourrait rassurer sa mère en ce moment. Albert et Jules sont partis faire des courses, mais Huguette, elle, est incapable d'entreprendre la moindre activité. Elle attend, elle espère. Elle se morfond, surtout.

– Le téléphone est bien raccroché, Guillaume ?

– Vingt fois que tu le demandes, *mom*. Vingt fois que je vérifie.

– Peux-tu vérifier une autre fois, s'il te plaît ?

Vers midi, la sonnerie se décide enfin à retentir. Huguette bondit sur l'appareil comme un tigre affamé sur une gazelle. Elle décroche, le cœur gonflé d'espoir, et se dit que si on l'appelle pour un sondage de marketing, elle risque de ne pas être gentille…

– Allo ?

– Dieu soit loué, Huguette, vous êtes là ! Je suis tellement content de vous parler ! Comment allez-vous ?

Détrompez-vous, ce n'est pas Brad.

– Où êtes-vous, Duclos ? Avez-vous retrouvé Brad ?

– Il faut faire vite, Huguette ! Nous avons besoin de vous.

– Êtes-vous avec Brad ?

– Je n'ai pas le temps de répondre à toutes vos questions, Huguette. Prenez vite un crayon et notez rapidement les informations pour vous rendre ici.

La pauvre Huguette est soudain prise de panique. Elle court partout à la recherche d'un bout de papier et de n'importe quel foutu crayon. Elle ne trouve pas. Ni le papier ni le foutu crayon. Il y a des jours comme ça. Elle ouvre sa trousse de maquillage, en jette tout le contenu sur le plancher, saisit son crayon à sourcils et note sur le coin de la nappe blanche ce que lui dicte d'une voix fébrile l'agent Duclos...

– Montez à bord du prochain avion à destination de Mexico. Il faudra vous rendre ensuite à Isla Chiquita. Là-bas, demandez la *Casa de Miguel*. C'est un tout petit hôtel. Vous notez ?

– Oui, oui... *Casa de Miguel*...

– Lorsque vous arriverez, on vous servira sans doute un bol de chili. N'y touchez pas ! N'y goûtez surtout pas !

– Juste ciel ! Ils vont tenter de nous empoisonner ?

– Non, mais Miguel ne sait pas faire le chili. Prenez plutôt les tacos...

– Oui, bon, ensuite ?

– Au fond de la *casa*, derrière le paravent, vous trouverez un petit corridor où sont accrochés des dizaines de ponchos de toutes les tailles. Poussez la porte tout juste à gauche et descendez l'escalier. Surtout, soyez discrète. Si jamais on vous intercepte,

dites simplement : « *Soy una turista* », vous comprenez ?

– La turista, je connais. Je l'ai déjà attrapée. C'est noté.

– Surtout, retenez ceci, Huguette...

– Oui ?

– ...

– DUCLOS ?

– ...

– ALLO ? Vous êtes encore là ?

La communication est interrompue. Le cœur d'Huguette fait trois tours sur lui-même. On a sans doute forcé Duclos à raccrocher. Ont-ils enregistré la conversation ? Duclos a-t-il révélé quelque secret? La *policia* de Mexico enferme peut-être Duclos dans le même cachot que Brad! Sont-ils tous les deux pendus par les pieds? Ou forcés de manger du chili? L'imagination d'Huguette est fertile en cette grande période d'agitation.

Quand Albert rentre avec les sacs d'épicerie, il surprend sa femme en train d'étudier des notes écrites sur la nappe avec son crayon à maquillage. Inquiet, il se demande s'il ne devrait pas l'obliger à s'étendre un peu. Huguette est visiblement surmenée...

– Nous partons pour le Mexique! annonce-t-elle sans préambule.

Très surmenée.

– Duclos a téléphoné, Albert. À l'heure qu'il est, notre génie est emprisonné dans un trou terreux, à respirer des excréments de vermine. Il faut faire vite!

– Mais on n'a aucune espèce d'idée de l'endroit où il se trouve. On ne va pas parcourir tout le Mexique !

– Brad est enfermé dans le sous-sol miteux de la *Casa de Miguel* sur la Isla Chiquita. On ne peut pas être plus précis. J'ai le plan. Ici…

Huguette pointe les notes sur la nappe. Albert cherche ses arguments.

– Brad est un grand garçon, Huguette. Il se débrouillera très bien sans nous.

– Il ne saura jamais comment se dépêtrer dans cette affaire. Nous devons y aller.

– Je te rappelle que c'est un génie, ma belle.

– Un génie de potiche qui ne connaît ni les lois ni ses droits.

Albert soupire bruyamment. Voilà maintenant qu'il doit porter secours au plus grand fauteur de troubles de l'univers. Il fait tout de même une dernière tentative...

– Duclos est déjà sur les lieux, non? Il peut sûrement l'aider.

– Trouve autre chose pour me rassurer, Albert.

Albert finit par céder. Il n'a pas le choix. C'est le devoir de tout citoyen de porter assistance à quiconque est dans le besoin, dit-on. Est-ce un devoir aussi de sauver les génies? Personne n'en a jamais fait mention. Quoi qu'il en soit, les quatre membres de la famille Pomerleau troqueront le ciel bleu de la Toscane pour celui du Mexique. Le parmesan pour les tortillas. Le chianti et les airs d'accordéon pour les sombreros et les castagnettes.

Huguette ne reculera pas. Albert le sait. Il se charge donc d'effectuer les réservations auprès d'une agence de voyages. Il s'en tire fort bien, d'ailleurs. Le coût des billets d'avion est plus qu'alléchant.

– Tu m'impressionnes, Albert. Comment as-tu fait? s'étonne encore Huguette. Le Mexique, l'hôtel, l'avion… Un forfait qui ne nous coûte presque rien!

– J'ai mes petits secrets, lui répond Albert, qui n'en revient pas non plus.

Quand il a donné son nom, l'agente de voyages a tout orchestré en un temps record et surtout à un prix dérisoire. Comme si le fait de s'appeler Albert Pomerleau ouvrait toutes les portes. Il a eu droit au traitement VIP de rock star. Albert a apprécié et a chaudement remercié la dame.

Les Pomerleau partiront demain. Les valises sont bouclées, leurs dollars ont été changés en pesos, tous les espoirs sont permis. Leur mission au Mexique ne sera pas de tout repos, ils s'en doutent. Que vont-ils chercher là-bas? Comment se porte leur génie? Dans quel état le trouveront-ils? Est-il toujours vivant? Et s'ils arrivaient trop tard? L'inquiétude les ronge, mais personne n'ose partager son angoisse.

Et on le sait, les angoisses ont le pouvoir de se multiplier rapidement quand on les garde pour soi.

C'est le matin du grand départ, mais rien ne ressemble aux vacances. Il pleut, il vente, le temps est moche et gris. Le petit brouillard d'inquiétude ne sera pas facile à dissiper. À l'aéroport, après avoir vérifié les passeports et les billets d'avion des Pomerleau, la dame du guichet annonce sans sourire que le décollage se fera dans deux heures, à partir du petit hangar au bout de la route au fond, à gauche.

– Où ça? s'exclame Huguette en regardant par la grande baie vitrée.

– Le petit toit rouge! répète la préposée, déjà à bout de patience.

– Êtes-vous certaine? demande Albert. Je ne vois même pas de piste!

– Autre chose ?

– Un instant ! fait Albert. Nous partons pour Mexico ! Avez-vous bien regardé nos billets ?

– Suivant ! lance la dame en s'adressant au voyageur qui s'impatientait derrière Albert.

Huguette reprend les valises et va secouer ses deux fils sur le point de s'endormir sur la banquette près du kiosque à journaux. Ils se rendent donc à la bâtisse au toit rouge sous la pluie battante. (Souvenez-vous que Brad est parti avec l'imper d'Albert... détail qui ajoute à l'irritation de monsieur, ce matin.)

Ils entrent dans le hangar, s'assoient. Dégoulinent.

Ils attendent. Frissonnent. Trépignent.

C'est long.

Très long.

Sur une table, un plateau de biscuits saupoudrés de sucre et une cafetière fumante pourraient les réconforter un peu. Mais ils n'ont ni le moral ni l'appétit pour les biscuits. Une dame à lunettes, assise derrière un bureau, papote sans arrêt au téléphone en tournant les pages d'un magazine de décoration intérieure. Impossible de lui demander la moindre information.

Ils attendent donc.

Trois quarts d'heure plus tard, un tout petit avion atterrit devant le hangar. Enfin un peu d'activité! Ils étaient sur le point de s'endormir.

– Ce serait cool si c'était notre avion! lance Guillaume.

– Cet engin ne pourrait jamais se rendre jusqu'à Mexico! affirme Albert en riant. À mon avis, il vient de faire son dernier vol...

Un homme assez grand, en veston marine, descend de l'avion. Sans doute le pilote... Il est suivi d'un autre, moustachu et trapu. Ils entrent, saluent la dame au bureau qui papote encore, parcourent rapidement les papiers qu'elle leur tend machinalement et s'approchent des Pomerleau en souriant.

– Bonjour à vous! fait le plus petit des deux en saisissant une pile de biscuits d'une main et les valises des Pomerleau de l'autre.

– Où allez-vous comme ça avec nos valises? se rebiffe aussitôt Huguette.

– Je les apporte dans l'avion, belle *señorita*.

– Quel avion? panique déjà la *señorita*. Vous ne voulez tout de même pas nous faire monter à bord de cette espèce de vieux bimoteur fini!

– Il y a sûrement une erreur, les interrompt calmement Albert.

– Nous partons pour Mexico! s'empresse d'ajouter Huguette, en sortant les quatre billets de son sac à main.

Elle vérifie le nom de la compagnie aérienne et précise, victorieuse :

– Ah! voilà! Tenez! C'est écrit ici : nous voyageons sur les ailes d'Air Bananas, mon cher monsieur. Lisez!

Le petit homme ne prend pas les billets.

– Il faut dire Air Bananasss, madame. On doit prononcer le «s». Et, oui, vous partez avec nous. Regardez sur les ailes...

Huguette jette un œil inquiet vers l'appareil volant et y aperçoit à son grand désespoir le logo d'Air Bananas en vert lime sur l'aile gauche un peu croche.

– Papa dit qu'il ne pourrait jamais voler jusqu'au Mexique! précise Jules.

– Et mon mari s'y connaît en matière d'aviation!

– On fera tout notre possible pour se rendre quand même, ironise le pilote.

Ils sortent tous et se dirigent vers l'avion. Ont-ils d'autre choix?

– Je rêve ou l'aile gauche tient avec du *duct tape*? s'affole Huguette.

– Le *duct tape*, c'est un porte-bonheur, chez Air Bananas, lui répond dare-dare le pilote.

– Et ça fonctionne, parce que nos avions qui partent sans *duct tape* ne reviennent jamais, ajoute l'autre.

Les deux hommes s'esclaffent. La famille Pomerleau avale de travers. Ne dit-on pas que derrière chaque blague, il y a toujours une parcelle de vérité?

– Mes amis, intervient le pilote en voyant leur mine tourmentée, vous courez plus de risques en marchant sur le trottoir qu'en voyageant à bord de cette petite merveille.

– On dit ça, on dit ça... et du jour au lendemain, on se retrouve dans les statistiques des grandes catastrophes... bredouille Huguette en grimpant les cinq petites marches branlantes.

Aussi dociles qu'inquiets ou plutôt très dociles parce que tellement inquiets, les Pomerleau sont maintenant assis à bord.

Précisons qu'ils sont les seuls passagers.

Les quatre Pomerleau.

Le pilote.

L'autre qui mange encore ses biscuits.

Et c'est tout.

– Est-ce qu'il y aura d'autres personnes qui feront le voyage avec nous? demande Jules.

Eh non.

– Personne d'autre ne s'y risquerait… marmonne Huguette, qui bouillonne. Je commence à comprendre pourquoi tes tarifs étaient aussi bas, Albert Pomerleau!

– Maman, j'ai peur! pleurniche maintenant Jules.

– Moi aussi, j'ai peur, mon chéri. J'ai très, très peur. Je meurs de peur!

– Voyons, Huguette! Qu'est-ce que tu racontes?

– Mais non, Jules. C'est une petite blague. Pourquoi j'aurais peur, hein? Il y a des parachutes! Des vestes de sauvetage! De petits sacs pour vomir! Je sais nager, si on tombe à l'eau! J'ai suivi un cours de survie, si on aboutit en forêt, et j'ai quatre barres tendres aux noix dans mon sac, si on s'écrase en montagne! Tout est beau. Tout est parfait!

Elle éclate ensuite d'un grand rire hystérique. À son tour de délirer, la pauvre. À chacun ses drames.

Ronronnement de moteur, maintenant.

– Ah, mon Dieu, c'est la fin! crie déjà Huguette.

– Calme-toi, *mom*.

– Guillaume, je te promets de me calmer si je survis, OK?

Les hélices se mettent à tourner. Elles font un bruit d'enfer. Une espèce de *schlang ke schlang ke schlang* pas très rassurant. Le pilote, souriant et courtois, se retourne vers les Pomerleau et leur souhaite un bon vol.

– Vous semblez un peu nerveuse, remarque-t-il, en regardant Huguette, dont le visage vert lime comme le logo de la compagnie aérienne n'a plus aucune expression.

– Nerveuse? Pas du tout, répond-elle, incapable de boucler sa ceinture tellement elle tremble. C'est normal, le *schlang ke schlang* qu'on entend?

– Vous connaissez le dicton de la compagnie? demande le petit ventru.

– Non... font-ils en chœur.

– *Avec Air Bananasss, ça passsse ou ça cassse!*

Suivi d'un grand éclat de rire des deux pilotes.

Suivi d'un étrange silence.

Suivi d'un malaise.

Et on ouvre les gaz.

Huguette ferme les yeux, s'agrippe au bras d'Albert, qui s'agrippe au siège qui n'a pas l'air solide.

– Albert Pomerleau, je te jure sur la tête de ton oncle Dorville que c'est la dernière fois que tu fais des réservations d'avion, tu m'entends?

– Laisse mon oncle Dorville en dehors de cette histoire, ma chérie.

L'avion accélère. Tout va bien.

Quitte la piste. Tout va bien encore.

S'élève.

Difficile à croire, mais la carlingue tient le coup.

Un vrai miracle.

Huguette fixe le *duct tape*, joint les mains et se met à prier:

– Mon oncle Dorville, protégez-nous. Ma famille et moi avons encore plein de beaux projets. Nous sommes si jeunes. Donnez-nous la chance de sauver Brad.

– On arrive au Mexique à quelle heure? s'informe Guillaume qui, lui, n'a pas l'air soucieux pour deux sous.

– Impossible d'être précis avec ces petits avions-là, lui répond le pilote.

– Ça va brasser un peu, ajoute son acolyte en ouvrant son thermos de café. Avec la pluie, le vent, ça risque d'être plus long. Disons qu'il faut compter une bonne douzaine d'heures de vol.

– Douze heures? répète Albert, espérant avoir mal entendu.

– En comptant les quatre escales pour se ravitailler en kérosène.

Les deux hommes échangent un regard complice et sourient.

– Hé! ho! s'exclame Albert. Vous n'allez pas nous faire le coup de décoller et d'atterrir sans arrêt?

– Monsieur préfère la panne d'essence?

L'avion vole à basse altitude. Le soleil se lève. Les nuages rosissent, Albert et les enfants s'enthousiasment, le nez collé aux hublots. La vue est magnifique...

Huguette? Huguette, n'en parlons pas. Oublions-la pour le moment.

Après une bonne heure de vol sans anicroche, Albert, qui est maintenant plus détendu, demande au pilote:

– Connaissez-vous Isla... euh... c'était quoi, déjà?

– Isla Mujeres?

– Non.

– Isla del Coco?

– Non plus.

– Il y en a beaucoup, des Islas, au Mexique! Isla del Carnetto del Chiquo? Isla del Condor Pasa? Isla de la Isla? Isla Margarita? Isla Cococabana del Sol? Isla Chiquita?

– OUIIII!

Albert secoue Huguette et lui demande:

– C'est bien à Isla Chiquita qu'on doit se rendre, non?

Peine perdue. Huguette n'entend plus rien. Elle a mis des boules de papier mouchoir dans ses oreilles et un foulard opaque sur ses yeux. Maintenant, elle se concentre simplement sur sa respiration. S'imagine étendue dans le sable doux et se laisse bercer par le bruit des vagues. Elle rouvrira les yeux seulement quand ils atterriront. Pas avant. Qu'on se le dise : Huguette est hors service.

– J'ai trois cousins qui habitent Isla Chiquita, annonce le pilote. C'est un petit coin de paradis !

– Si vous aimez la mer turquoise et les cocotiers… renchérit l'autre.

– Et les blattes dans les chambres.

– Et les lézards dans les toilettes.

Et les voilà qui rigolent. Et ils se tapent sur les genoux et le petit gros s'étrangle avec son biscuit.

– On peut vous déposer sur Isla Chiquita, si vous voulez.

– C'est possible ?

– C'est l'avantage de voyager avec Air Bananasss. Un petit avion, ça se pose partout.

– Ce sera 2 000 pesos de plus !

– 2 000 pesos ? Mais c'est du vol !

– Oui, monsieur ! Du vol nolisé garanti. Pas de frais cachés. Vous atterrissez directement sur l'île, évitez les frais de traversier, pas d'arnaque ni de transfert. On peut même passer vous reprendre quand vous le voulez.

Autre éclat de rire du pilote. Décidément...

– Pour 2 000 pesos de plus, je suppose ?

– Mais quel service ! La grande classe. Évidemment, si monsieur préfère la misère, c'est monsieur qui décide.

– Si mon épouse n'était pas dans le coma, je la consulterais, mais...

À ces mots, le pilote se retourne brusquement vers l'avant.

– Je dois regarder devant, j'ai mal au cœur ! conclut-il. Pensez à notre offre, monsieur Bordeleau.

– Pomerleau!

C'est déjà tout réfléchi. Ils atterriront sur Isla Chiquita. Aussi bien se simplifier la vie.

Les deux hommes se mettent ensuite à discuter à voix basse. Albert saisit des bribes de conversation...

– Mais c'est toi qui devais t'occuper de mettre de l'essence. Tu le sais très bien.

– Tu m'as dit que tu avais fait le plein juste avant de partir!

– Ah, c'est pas vrai! Toujours moi qui dois m'occuper de tout.

– Le réservoir est vide ou quoi?

– Qu'est-ce que tu en penses? Regarde la petite aiguille!

– Oh là là là là là là! C'est la cata.

Albert est déjà accroupi entre les deux sièges des pilotes. Dans un état de panique proche de la crise de nerfs.

– On est sur le point de faire une panne sèche, c'est ça? On va piquer du nez? C'est la fin?

– On va s'arrêter à Chicago pour faire le plein!

– Et pourquoi vous rigolez encore? s'impatiente Albert.

– Allez plutôt boucler votre ceinture, monsieur Pomerleau. Nous allons atterrir dans quelques minutes.

L'avion descend doucement. On aperçoit les toits, les cours arrière, les piscines, puis la piste. Les roues se posent. L'atterrissage est réussi. Une angoisse en moins! Quand l'avion s'immobilise enfin, Huguette sort de sa torpeur et se croit miraculeusement arrivée au Mexique.

– Déjà? C'est fantastique!

Elle applaudit, embrasse Albert, remercie le ciel et l'oncle Dorville.

– On n'est pas tout à fait au Mexique, ma chérie.

– Ah?

– On est à Chicago.

Par le hublot, les Pomerleau aperçoivent deux hommes en noir qui accourent vers l'avion. Ont-ils été avisés de l'éventuelle panne? Le moteur est-il en feu? Il y a visiblement urgence. Un des hommes tente d'ouvrir la porte, qui résiste un moment. Il donne un bon coup de pied. La porte finit par céder et l'homme pénètre en trombe dans l'appareil. Il fixe aussitôt Albert. L'homme n'est visiblement pas là pour s'amuser. La tension est palpable.

– Albert Pomerleau? lance-t-il sèchement.

– Oui?

– Vos papiers, s'il vous plaît.

– Mes papiers... mes papiers... mes papiers... Huguette, sais-tu où sont mes papiers ? Ah ! voilà. Mon passeport est ici, mes cartes... euh... mes cartes sont dans le sac à main de ma femme... je pense. Voilà ! Ma carte d'assurance-maladie dans la poche de mon manteau... Non, c'est une carte de crédit, désolé.

L'homme en noir ne dit mot. Il ouvre le passeport, vérifie la photo, dévisage Albert et lance à son collègue resté à l'extérieur de l'avion :

– C'est beau. Nous le tenons !

– Mais qu'est-ce que... ?

– Veuillez nous suivre immédiatement, monsieur Pomerleau.

– Vous suivre ? Pourquoi vous suivre ? Je pars pour le Mexique avec ma famille, moi, je n'ai pas du tout l'intention de...

– Vous pouvez choisir de garder le silence et ne parler qu'en présence de votre avocat.

– Je n'ai pas d'avocat et je n'ai pas l'intention de garder le silence !

– Vous êtes en état d'arrestation.

Albert éclate de rire. Un grand rire nerveux, il va sans dire.

– Mon mari n'a rien fait ! s'indigne aussitôt Huguette. Pourquoi l'arrêtez-vous ? C'est un honnête père de famille !

– Ils vont mettre papa en prison ? pleurniche Jules.

– Mais non, mon loup. Le monsieur s'est sûrement trompé.

– Votre mari sera détenu à la prison de Chicago, madame. Si tout va bien, on le libérera sous surveillance en attendant le procès.

– Le procès ? Mais on m'accuse de quoi ? hurle maintenant Albert.

– Votre valise a été interceptée à la frontière canado-américaine. Les ressortissants ont pris la fuite, mais la valise était clairement identifiée à votre nom.

– Ma valise ?

– Remplie de faux pesos.

– Brad, encore… marmonne Albert entre ses dents.

– Nous sommes à la recherche de celui qui est à la tête de l'affaire Poncho del Pancha. Vous êtes le suspect numéro un.

– Je n'y suis pour rien dans cette histoire de poncho !

Livide, Huguette rassemble les pièces du puzzle. Pour cette lectrice assidue d'Agatha Christie, tout est clair.

1. Pépé a rempli la valise de faux pesos.

2. Pépé avait tout manigancé depuis des mois.

3. À la frontière, après avoir été surpris, Brad et Pépé ont réussi à prendre la fuite.

4. On a emprisonné Brad et on le torturera jusqu'à ce qu'il parle, mais le pauvre ne sait rien.

5. Pépé est sans doute rentré sagement chez lui.

6. Duclos a fini par retrouver la trace de Brad sur Isla Chiquita.

7. Comme la valise est clairement identifiée au nom d'Albert Pomerleau, c'est lui qu'on accuse !

8. Brad est sûrement en danger à l'heure qu'il est.

Les hommes en noir serrent la main du pilote et du petit trapu.

– Beau travail, les gars! Merci encore. Vous n'avez pas perdu de temps.

– C'est 2 000 pesos, lui rappelle le pilote.

Les Pomerleau sont donc tout bêtement tombés dans le piège. Les coûts si peu élevés de l'agence, le petit avion privé, la panne d'essence... tout s'explique! Le présumé coupable leur a été livré sur un plateau d'argent.

Avant de quitter sa famille, Albert murmure à l'oreille de sa femme:

– Je te jure sur la tête de mon oncle Dorville que si, un jour, un génie réapparaît chez nous, je le fous dehors immédiatement et sans condition, tu m'entends?

– Je suis d'accord, mon chéri. Je suis d'accord. On n'hébergera plus jamais de génie de potiche, promis. Prends soin de toi. Je vais te sortir de là. Fais-moi confiance!

La mine déconfite, Albert monte à bord de la voiture noire qui le mènera au centre de détention. Huguette et les enfants le regardent s'éloigner. Jules essuie une larme sur le revers de sa manche.

– On fait quoi maintenant, *mom*?

– Pas le choix, Guillaume. On part pour Isla Chiquita. On va retrouver Brad et lui demander d'exaucer notre dernier vœu!

– Notre dernier vœu va servir à sortir papa de prison?

– Oui, Jules.

– Et Brad va dire oui?

– Les génies n'ont pas le choix d'exaucer nos vœux, mon petit homme. Le problème avec le nôtre, c'est qu'on l'a trop gâté. Mais son règne achève. Compte sur moi!

Le pilote d'Air Bananas, qui se tenait tout près, s'approche d'eux doucement. Huguette lève les yeux au ciel. Elle n'a pas du tout envie de converser avec celui qui a collaboré à l'arrestation d'Albert.

– Je peux vous déposer sur Isla Chiquita. Vous atterrissez directement sur l'île, évitez les frais de traversier, pas d'arnaque ni de transfert.

Huguette n'avait pas l'intention de remonter à bord de cette vieillerie de métal. Mais elle sait qu'il faut agir vite...

– Bien… laisse-t-elle tomber sans gaieté de cœur.

– Ce sera 2000 pesos !

– Pas de problème.

– 2000 vrais pesos ! Pas la gnognotte de votre mari !

Furieuse, Huguette ne relève pas la remarque désobligeante du copilote et monte à bord de l'avion avec ses deux fistons.

Direction Isla Chiquita !

Dans l'avion, pas un mot. Jules et Guillaume se sont endormis. Huguette est assise bien droite. Le pilote et son ami lui jettent régulièrement de petits regards méfiants.

– Ce n'est pas la peine de me regarder avec ces yeux-là! leur dit-elle chaque fois.

Ils sourient...

– Je vous répète que mon mari est innocent.

Ils sourient encore.

– Cette affaire n'est qu'une grossière erreur.

– C'est ce qu'ils disent tous... marmonne le trapu.

– Et on en a transporté, des mafiosi comme votre mari, ajoute le pilote. Remarquez, nous, on reste ouverts aux brigands.

– Pour autant qu'ils payent les 2 000 pesos... précise l'autre.

Dix heures de secousses, d'allusions, de zones de turbulences, d'escales pour faire le plein, de soupçons et de justifications plus tard, ils atterrissent enfin sur Isla Chiquita. Huguette leur tend aussitôt les 2 000 pesos promis.

« Bon débarras ! » pense-t-elle en remerciant le pilote.

« Pourvu que ce soient des vrais... » se dit le plus grand des deux en comptant les billets.

Mais le petit gros, lui, ne veut pas prendre de risque. Il saisit les pesos, les inspecte de près, en gratte le coin avec ses ongles et les renifle. Huguette n'en

peut plus. Quand il décide d'enfoncer la somme dans la poche de son veston, elle prend congé des deux pilotes de brousse en espérant vivement ne plus jamais entendre parler d'eux.

– Voici ma carte! lance tout de même le pilote. 2 000 pesos et nous sommes là!

«Jamais de la vie!» se dit Huguette.

L'avion décolle. Un morceau de *duct tape* s'envole au vent.

Les voilà sur l'île. La chaleur est torride. Les bagages encombrants. La crème solaire oubliée à la maison. Tout juste avant d'appeler un taxi qui les conduira à la *Casa de Miguel*, Huguette répète ses dernières recommandations...

– À partir de maintenant, nous formons une équipe ! Il faut rester ensemble, tous les trois. Ne jamais se quitter des yeux ! Tu as bien entendu, Jules ?

Jules hoche la tête.

– Guillaume ?

Guillaume soupire et reprend à voix haute les conseils de sa mère.

– On ne parle pas de Brad devant Miguel.

On ne parle pas de Mimi devant Brad.

On ne mange pas de chili.

On ne boit pas d'eau.

On ne prononce jamais les mots «Poncho del Pancha».

– C'est très bien, conclut Huguette. En gros, moins on en fera et mieux ce sera.

– Pourvu que Brad soit toujours là… ajoute Jules.

– Pourvu qu'on puisse le sauver à temps, surtout! Taxiiii!

Le chauffeur ignore Huguette et poursuit son chemin.

– Tu penses vraiment que Brad est innocent, *mom*?

– Brad s'est fait emberlificoter par Pépé. D'ailleurs, je l'ai toujours soupçonné d'être un garçon malhonnête. Quelque chose dans son regard…

– Voyons, *mom*, tu répétais que c'était l'homme le plus gentil sur terre !

– Justement. Trop gentil, c'est toujours louche. TAXIIII !!! hurle-t-elle, cette fois.

Une petite Coccinelle jaune citron s'immobilise. Un jeune Mexicain basané, au regard perçant et au sourire étincelant, les invite à monter.

– *Buenos días*, marmonne Huguette, en espérant ne pas avoir dit bonne nuit.

Elle s'engouffre rapidement dans la voiture avec les deux enfants et les trois valises et indique :

– *Casa de Miguel, por favor.*

Le chauffeur se retourne aussitôt vers Huguette. Il la toise un moment et lui répond par une interminable tirade en espagnol, ponctuant ses phrases avec de grands gestes et beaucoup d'emphase. Huguette n'y comprend rien. Rien du tout.

– *Habla* un peu le *francés* ? finit-elle par lui demander.

Et voilà le chauffeur qui s'enflamme à nouveau, qui soupire, qui les regarde dans le rétroviseur, l'air profondément désolé, et qui finit par appuyer sur l'accélérateur visiblement à contrecœur.

– *Mom*, on dirait qu'il ne veut pas nous emmener là-bas.

– Mais non, Guillaume.

Le chauffeur fronce les sourcils, hoche la tête et répète :

– *Casa de Miguel, Casa de Miguel, Casa de Miguel...*

– L'entends-tu ? Ce n'est peut-être pas trop trop prudent d'y aller.

– Prudent ou pas, Guillaume, on n'a pas le choix !

– Mais regarde la tête que fait le chauffeur, *mom* ! J'ai l'impression qu'on court un grave danger !

– Maman... on n'y va pas, OK ? pleurniche maintenant Jules.

– Faites-moi confiance !

Soudain, sans prévenir et surtout sans raison apparente, puisqu'ils avancent sur une petite route déserte, le jeune chauffeur applique les freins.

D'un mouvement brusque du volant, il range la voiture sur le côté, s'immobilise et coupe le moteur. Les trois passagers ont la gorge nouée. Le chauffeur ouvre la boîte à gants. Cette fois, Huguette sent l'inquiétude qui grimpe. Les trois petits cœurs s'affolent. Huguette sait qu'ils devraient tous s'enfuir, mais elle est tout à fait incapable de réagir.

Le chauffeur de taxi prend un stylo et se met à griffonner au dos d'une enveloppe jaunie. Il se retourne vers Huguette, lui tend le dessin et attend sa réaction.

– *No comprendo* le dessin, finit-elle par dire, après avoir tourné la feuille dans tous les sens.

Le chauffeur n'a pas l'air content. Elle tente aussitôt de se rattraper…

– Remarquez, c'est très, très joli. Le coup de crayon est souple, pas de doute, vous avez du talent! ajoute-t-elle en souriant.

Vous savez, le genre de sourire qui manque nettement de naturel.

– Regardez, les garçons, comme c'est joli...

Elle en fait un peu trop.

Guillaume et Jules regardent à leur tour le griffonnage du chauffeur.

– On dirait une sorte de bibitte, fait Jules.

– Une grosse coquerelle! ajoute Guillaume.

– Sí! *Es un coquerelle!* s'enflamme le Mexicain. *Mucho, mucho coquerelles en la Casa de Miguel!*

Huguette respire un peu mieux et tente de le rassurer.

– C'est très gentil de nous prévenir, mais *no problema* pour les coquerelles, mon cher monsieur. Nous, *no dodo en la Casa de Miguel*, seulement oune petite *visita* de rien du tout.

Le chauffeur ne semble pas saisir le charabia d'Huguette. Il hausse les épaules et reprend la route.

– C'est quoi, une coquerelle ? demande Jules.

– C'est un énorme insecte dégueu qui se nourrit seulement du sang des touristes, lui répond son grand frère.

– Guillaume, s'il te plaît !

Et malgré la menace d'attaque de coquerelles géantes qui plane sur eux, chargés comme des mules, fatigués, déprimés, affamés, déshydratés, Huguette, Guillaume et Jules Pomerleau font leur entrée à la *Casa de Miguel*.

Huguette avait imaginé l'endroit miteux, décrépit, crasseux et délabré. C'est précisément le cas. La salle à manger est tout de même pleine à craquer, bruyante, agitée.

Au fond de la pièce, Huguette aperçoit le corridor et les ponchos sur le mur, comme l'a indiqué Duclos au téléphone. «Brad n'est sûrement pas loin, pense-t-elle. Dévoré par les coquerelles, peut-être?» Pendant qu'Huguette se bat avec des images toutes plus horribles les unes que les autres, autour d'elle, une foule entassée rigole et s'empiffre de tacos.

«Je dois trouver le moyen de descendre au sous-sol...» se dit-elle.

– Chili? propose aussitôt un jeune homme en déposant un petit bol coloré devant eux.

Huguette suppose que c'est Miguel.

– Non, euh... tacos! répond-elle.

– Tacos aussi, fait Guillaume.

– Tacos! répète docilement Jules, qui a déjà peur d'en avoir trop dit.

Soudain, le noir. L'obscurité complète. Tous se taisent. Dans un grand geste maternel, Huguette serre ses deux enfants contre elle. Reste à savoir qui rassure qui. On n'entend que le bruit des fourchettes qu'on dépose, suivi d'un silence à couper au couteau. Une lumière bleutée éclaire faiblement une petite scène, où se sont installés sept mariachis. La trompette crache quelques notes un peu fausses et la salle s'anime. Les mariachis égratignent alors *La Cucaracha* sans grand talent mais avec passion. L'ensemble est somme toute fort divertissant. Huguette en oublie sa fatigue et se surprend à chanter avec eux. Mais au beau milieu de *La Bamba*, Guillaume ramène brusquement sa mère à la réalité :

– Regarde le cinquième mariachi, *mom* !

Huguette observe l'homme un moment.

– Tu le reconnais ?

Huguette ne voit pas. Non.

– C'est Brad ! s'exclame Jules, en oubliant d'être discret.

– Chuuuuut !

– Celui juste à côté, c'est Pépé, et le dernier avec la trompette, c'est le policier Duclos… chuchote Guillaume.

– Ah, misère !

Le génie, qui vient d'apercevoir Huguette et les enfants, leur adresse un clin d'œil complice entre deux clac-clac de castagnettes. Huguette lui répond par un signe discret de la main. Jules lui sourit, le cœur léger.

La représentation terminée, les lumières bleues s'éteignent. Quand on rallume la salle, Brad et ses amis ont évidemment disparu. Miguel dépose des tacos fumants et des *limonadas* bien fraîches devant les Pomerleau.

Ils ne se détendront pas longtemps...

– Alors, Huguette? Vous avez aimé
le spectacle? s'empresse de s'informer
Duclos, sans même avoir pris le temps
de changer de vêtements.

Huguette n'a pas vraiment le cœur
à commenter la prestation.

– Duclos, nous avons été victimes
d'un guet-apens. Albert est en prison!

– Oui, je viens d'apprendre ce qui
est arrivé à Albert. C'est malheureux,
mais que voulez-vous? Il faut que
justice soit faite!

– Que justice soit faite? Vous savez
très bien qu'Albert est innocent!

– Innocent jusqu'à preuve du
contraire, Huguette. Jusqu'à preuve du
contraire...

– Mais vous connaissez mon mari,
Duclos!

– On croit connaître les gens, mais au fond, qui sont-ils vraiment ? Tenez, vous saviez que j'étais un virtuose de la trompette ? Eh non. La preuve qu'on a tous un petit côté secret.

– Bah ! Je perds mon temps à discuter avec vous ! Où est Brad ?

– Au sous-sol. Dans la loge qui lui sert de refuge depuis son arrivée. Soyez gentille avec lui, il n'a pas le moral. Il était temps que vous arriviez. Vous allez m'aider à le sortir de là ?

– Restez avec les garçons, je vais lui parler.

En descendant les marches qui mènent au sous-sol, Huguette sent monter en elle une foule de sentiments contradictoires. Le bonheur de retrouver son génie vivant, la colère aussi, mais surtout le soulagement de savoir qu'il est apte à réaliser leur troisième vœu.

Bien sûr, elle aurait préféré un autre contexte, un autre vœu, mais bon. C'est la vie. Et la vie nous réserve bien des surprises. Et les surprises ne sont pas toujours celles dont on aurait rêvé. Et les rêves ne sont pas toujours réalisables. Bref, le troisième vœu du génie Bradoulboudour servira à sortir les Pomerleau du pétrin dans lequel il les a lui-même plongés. Que voulez-vous? Il existe sans doute des génies plus efficaces.

Chose certaine, Huguette peut le jurer, cette fois, le sien ne se défilera pas.

Toc! Toc! Toc!

– Ouvrez, Brad. C'est moi, Huguette... chuchote-t-elle.

Bruit de pas feutrés, de chaînes qu'on déverrouille et de verrous qui s'ouvrent les uns après les autres.

– Ah, ma chère Huguette! s'exclame le génie. Ici, rien ne va plus. Si vous saviez l'enfer que je vis. Pas d'eau chaude, pas de télé, pas même de petit matelas. Et les coquerelles, tenez, regardez à vos pieds!

Insensible aux grands malheurs du génie, Huguette fonce droit sur lui:

– Albert a été arrêté à cause de vous, Bradoul machin! Vous devez le sortir de prison, vous m'entendez?

– Mais je…

– Enlevez ce ridicule costume de froufrous et suivez-moi! Nous partons pour Chicago!

Puis, baissant le ton, juste au cas où il y aurait des témoins:

– C'est notre dernier vœu!

Le génie lève les yeux au ciel.

– Pourquoi soupirez-vous, Brad? Il y a un problème, encore? Qu'allez-vous inventer, cette fois? Une angine de poitrine? Un choc nerveux? Vous avez oublié comment faire?

– Je peux exaucer votre vœu, Huguette. Je peux même le réaliser immédiatement, si vous voulez…

– Alors allez-y! GO!

– Mais ce n'est pas une solution…

– C'est un ordre, Brad! Vous m'obéissez!

– Je peux sortir Albert de prison, mais il faut en finir avec cette histoire de fausse monnaie. Même si je le ramène à la maison, on l'accusera toujours, on le coincera à nouveau, il devra subir un procès et votre dernier vœu aura été exaucé pour des prunes.

Il a raison.

Difficile de l'admettre mais, pour une fois, pour une très rare fois, le génie Bradoulboudour a raison. Sortir Albert de prison par magie ne réglera rien.

– Il faut prouver l'innocence d'Albert...

– Les enquêteurs font leur travail! précise Duclos, qui arrive à cet instant dans la loge avec les enfants. Des années qu'ils recherchent ceux qui sont à la tête du cartel...

– VOUS, DUCLOS! hurle Huguette en le voyant.

– Moi?

– Vous êtes policier, non?

(Il est vrai que certains jours, la question se pose...)

– Vous avez sûrement accès à des informations privilégiées? Avez-vous entrepris une enquête? Commencé des démarches?

– Des démarches…?

– Que faites-vous depuis que vous êtes au Mexique?

– Il a pris dé léçonnes dé trompette! annonce Pépé, qui apparaît à son tour.

– Et VOUS?

– Moi? Mais moi, yé souis victime d'oune sale machinationne comme Bradoul…

– Aaaaaaaah!

Huguette se laisse tomber sur un vieux sofa, en se disant qu'effectivement, Pépé n'a rien d'un garçon malhonnête. Que cette histoire n'a aucun sens. Le moral des troupes est

à son plus bas. Elle les regarde tous : ses deux fils, Pépé, Brad, Duclos. Elle n'en revient pas de se retrouver dans pareille galère...

– Racontez-moi votre voyage, finit-elle par demander à Brad et Pépé. Rappelez-vous tout ce que vous avez fait depuis le départ de la maison jusqu'à l'intervention des douaniers. Les pesos ne sont pas arrivés dans la valise par magie !

Les deux voyageurs s'exécutent rapidement. Il y a si peu à raconter.

– Vous avez roulé 12 heures sans jamais arrêter nulle part ? s'étonne Guillaume. Vous avez dormi dans la voiture ?

– On a dormi chez ma belle Carla... soupire Pépé.

– Qui est cette belle Carla ? l'interroge Huguette, déjà soupçonneuse.

– L'amor dé ma vie ! Oune pétit ange tombé dou ciel... N'est-ce pas, Bradoul ?

Brad sourit en pensant aux crêpes caramel.

– Oui, bon. Et vous êtes restés longtemps ?

– Trois jours dé bonheur.

– Et avant d'arriver chez Carla, vous n'aviez pas fait la moindre pause ?

– Non, répond Brad. J'ai roulé, roulé, roulé, roulé.

– Mais si ! Rappelle-toi, Bradoul. On a eu des ennouis avec lé pneu.

– Le pneu? répète Guillaume.

– On a dû arrêter dans un petit garage, précise Brad. Mais seulement dix minutes.

– Vous n'avez pas quitté la valise des yeux, là-bas? s'informe Guillaume.

Pépé bondit comme un ressort:

– Lé gros costaud!

– Le gros quoi?

– Il a eu tout lé temps dé mettre lé pésos dans la valise pendant qu'on bouvait son café qui né goûtait rien.

Brad et Pépé racontent alors la courte halte à la station-service. Ajoutent des détails. Exagèrent un peu. Dramatisent beaucoup. À les entendre, c'est à se demander comment ils ont fait pour s'en sortir vivants.

– Vous vous souvenez du nom du village? s'emballe Huguette à son tour.

– Sainte-Eulalie.

– On est peut-être sur une piste… avance Guillaume.

– On y va! annonce Huguette.

– Ça, non! fait Pépé. Yé né pas l'intentionne dé révoir céloui qui a failli nous trancher la gorge.

– Moi non plus, ajoute Brad.

– Alors moi, j'irai! affirme Huguette. Qu'en pensez-vous, Duclos?

– De?

– Ah, misère!

Il n'écoutait pas.

Huguette échafaude alors un plan fort simple. C'est ce qu'elle se dit, du moins. Pépé restera à l'auberge de Carla avec les enfants. Brad, déguisé en Mexicain pour ne pas se faire reconnaître, ira rassurer Albert au centre de détention, pendant qu'elle entreprendra le périple de sa vie avec l'agent Duclos. Elle le sent, non, elle en est persuadée maintenant : la clé de l'énigme se trouve dans cette station-service à Sainte-Eulalie. Elle s'accroche à cet espoir.

– Nous serons un couple de voyageurs, Duclos. Nous simulerons un problème avec le moteur de notre voiture.

– Je serai votre mari, dans cette histoire ? s'emballe Duclos.

– Le moindre petit indice trouvé à la station-service peut nous mener à l'arrestation des faux-monnayeurs. Vous êtes d'attaque, j'espère ?

– Nous serons monsieur et madame Duclos, alors ?

– Duclos, est-ce que vous m'écoutez ?

– Oui, ma chérie… hihihihi.

– L'important, pour le moment, c'est de trouver un moyen de sortir du Mexique incognito ! Au fait, comment avez-vous abouti ici, vous deux ?

Brad et Pépé racontent leur fuite, la course folle dans les buissons, la nuit à dormir au bord de la route et la chance incroyable d'avoir rencontré deux pilotes qui, pour seulement 2000 pesos, les ont menés jusqu'à Isla Chiquita en sécurité.

Jules suggère alors une idée à l'oreille de sa mère.

– Non, mon Jules ! Essayons de trouver une autre solution.

Tout le monde y va de ses suggestions pour quitter l'île mexicaine. Mais après mûre réflexion, Huguette admet que c'est son fiston qui a eu la meilleure idée. À contrecœur, elle passe un coup de fil…

Demain, un petit avion aux ailes tenant avec du *duct tape* ramènera Pépé, Huguette, Duclos et les enfants au Canada. Il est convenu qu'ils laisseront Brad à Chicago en passant.

Huguette devra payer 2 000 pesos pour le voyage, 2 000 pesos de plus pour le détour à Chicago et 2 000 pesos supplémentaires pour excès de passagers. Excès de bagages. Excès de zèle !

Dans la prison de Chicago, Albert Pomerleau est dans un piteux état. Mal rasé, les vêtements défraîchis, il tremble et peste dans sa minuscule cellule. Personne n'oserait passer un doigt entre les barreaux, de peur de se faire mordre. Et l'espèce de faux mariachi qui vient d'arriver ne reçoit pas l'accueil chaleureux auquel il s'attendait...

– Aaah! je suis content de vous revoir, Albert. Vous m'avez manqué. Comment allez-vous?

– Mais je vais très, très bien, mon petit Brad. Et vous? Vous avez fait bon voyage au Mexique, J'ESPÈRE?! Joli, votre petit costume, vraiment.

– Ne parlez pas si fort, Albert. (Puis, baissant le ton...) Je suis toujours recherché. Tenez ! Je vous ai apporté des oranges...

– Je préférerais une lime, voyez-vous ?

– Une lime ? C'est un peu suret, non ?

– Je parle de l'outil pour scier les barreaux, andouille !

– Oh.

– Sortez-moi d'ici immédiatement, vous m'entendez ? C'EST UN VŒU !

– Chuuuut !

– C'EST UN ORDRE !

– Mais chuuuut !

– Tout ça est de votre faute ! ESPÈCE DE GÉNIE DE...

– Tut, tut, tut.

Brad s'approche d'Albert et lui confie:

– Cessez de vous morfondre, Albert, nous sommes sur une piste. Nous allons vous sortir de là.

– Où est Huguette? Où sont les enfants? JE VEUX VOIR MA FAMILLE!

– Pépé prend soin de vos enfants pendant que Duclos joue le mari de votre femme. Tout va bien, Albert.

– Duclos, le mari de ma femme?

Et pendant que Brad répète à Albert Pomerleau qu'il n'a aucune espèce de raison de s'inquiéter, pour nos cinq rescapés, rien ne va plus...

* * *

Ils se tiennent à la porte de l'auberge de Carla depuis un bon moment, espérant vivement que quelqu'un finira par leur ouvrir. Mais tout semble bien calme à l'intérieur, et si sombre...

Il n'est pourtant que 21 heures. Ils ont beau sonner, frapper, sonner, frapper, personne ne vient leur ouvrir.

Huguette commence à s'impatienter sérieusement...

– Il aurait fallu réserver! Je l'ai dit mille fois, Pépé! On ne débarque pas chez les gens comme ça.

– Yé souis désolé, Houguette! Mais yé voulais faire une sourprise à ma Carla.

– Voilà où ça nous mène, les surprises!

– Pas grave, *mom*, on va dormir ailleurs! propose Guillaume, qui préférerait un hôtel cinq étoiles avec piscine et sauna.

– Nous n'avons plus d'argent pour un hôtel, Guillaume! J'ai tout donné aux pilotes! On n'a pas le choix de dormir ici! C'est notre seule solution!

– La lumière vient de s'allumer! crie soudain Jules, le nez collé à la fenêtre.

Une petite clarté monte effectivement du corridor. Une lueur d'espoir. Un jeune homme approche lentement. Pépé reconnaît Antonio, qui les accueille froidement.

– Bonsoir, dit-il, visiblement consterné de revoir déjà Pépé. Vous n'êtes pas au Mexique?

Ils entrent en trombe sans donner d'explication.

– Ma Carla n'est pas là? s'étonne Pépé en la cherchant du regard.

– Nous pouvons passer la nuit ici? les interrompt Huguette, qui n'en peut vraiment plus.

Carla apparaît. Pépé rayonne. Carla, pas du tout. Elle semble nerveuse, fébrile, lasse.

– Bonsoir, Pépé, marmonne-t-elle en forçant un sourire.

– Bonsoir, ma Carlita... tou né vas pas bienne ?

Petit baiser sur la joue et puis c'est tout.

– Vous désirez une chambre ? demande-t-elle en ouvrant un grand registre dans lequel aucun nom n'est inscrit.

Huguette s'excuse tout de même de ne pas avoir réservé.

– L'auberge est vide, cette nuit. Vous avez de la chance... annonce Carla en saisissant un trousseau de clés.

– Vide ?

– Et moi, je dois partir. Une urgence...

Le cœur de Pépé s'emballe, mais il ne laisse rien paraître.

– Antonio sera ici. Si vous avez besoin de quoi que ce soit, vous sonnez.

– Pas de crêpes au caramel demain… murmure Jules, déçu.

– Allez, bonne nuit !

Elle file aussitôt. Pépé lui emboîte le pas.

– Des ennouis, ma Carla ?

– Oui, Pépé. Ma grand-mère est souffrante. Je pars pour la Suisse.

– La Souisse ? Ta grand-mère habite en Souisse ?

– Fais comme chez toi, mon petit. On se reverra sans doute bientôt.

Carla lui sourit faiblement et quitte l'auberge par la porte de derrière. Huguette console Pépé, lui dit que l'amour n'est pas toujours simple et que demain tout ira mieux. Elle borde ensuite ses fils et leur assure qu'un jour, ils dormiront dans un hôtel avec tout plein d'étoiles et une piscine. Puis elle s'écroule sur un petit fauteuil de velours élimé en songeant qu'elle doit être au meilleur de sa forme demain et qu'elle devrait déjà dormir à l'heure qu'il est.

Huguette ne se sent pas bien du tout dans cette auberge. Est-ce l'araignée qui tisse sa toile entre le lavabo et le lit? Le robinet qui fuit? Le tapis trop fleuri? L'odeur? Elle ne saurait dire.

Au moment où elle décide de se mettre au lit, un bruit étrange la paralyse. Elle tend l'oreille. Quelqu'un se tient de l'autre côté de la porte de sa chambre... Elle en est certaine.

Quelqu'un essaye de tourner la poignée, maintenant. Heureusement, elle a fermé le loquet....

A-t-elle fermé le foutu loquet?

On tambourine sur la porte. Elle saisit la lampe de laiton, prête à assommer celui qui s'aviserait d'entrer.

– Psssssst! fait l'intrus.

– Qui... Qui êtes-vous? demande Huguette.

– Il se passe quelque chose d'anormal, Huguette. Venez vite!

C'est encore Duclos! Elle va le rejoindre dans le corridor.

– Pourquoi ne pas avoir frappé, simplement?

– Je ne voulais surtout pas vous faire peur, Huguette. Suivez-moi...

Le plancher craque. Le corridor est sombre. Ils n'y voient rien ou pas grand-chose, enfin, si peu.

– Tenez, c'est ici... chuchote Duclos. Vous entendez?

Elle n'entend rien du tout.

– Collez l'oreille contre le plancher !

Elle colle son oreille contre le plancher.

– Je n'entends rien.

– Alors, collez l'oreille contre cette porte.

– Ça suffit ! Je ne vais pas passer la nuit à coller mon oreille partout !

– Pas si fort, Huguette ! Écoutez… On dirait un ronron…

– Un ronron ?

– Oui, un ronron de moteur…

Huguette finit effectivement par entendre une espèce de grondement de machine…

– Et alors ? soupire-t-elle.

– Entendez-vous la voix ?

– Quelle voix ?

– C'est celle de Carla !

– La Carla de Pépé?

– Elle nous a dit qu'elle partait, mais elle est ici, Huguette. ICI! EN BAS! J'avais remarqué qu'elle partait sans valise. Et on ne part pas en Suisse sans valise, Huguette. ELLE MENTAIT!

– Mais calmez-vous, Sherlock Holmes! Elle a bien pu revenir. Changer d'idée. Rater son avion. Elle est chez elle, après tout.

– Ce n'est pas net. Elle a menti à Pépé. Et moi, quand on ment à mes amis...

– Bonne nuit, Duclos.

– Vous ne descendez pas avec moi, Huguette?

– Au sous-sol? Jamais de la vie. Cela ne nous regarde pas.

– Moi, je vais voir.

Décidé, Duclos met sa casquette de policier et épingle sa médaille sur sa chemise de pyjama.

Ridicule.

– Si je ne reviens pas, sachez que je vous lègue ma collection complète de cartons d'allumettes, Huguette.

Il ouvre la porte et descend lentement les premières marches qui mènent au sous-sol. Huguette retourne à sa chambre. Prise de remords, elle saisit aussitôt la lampe de laiton et va vite rejoindre Duclos. Il s'arrête brusquement, croyant être suivi. Elle lui fonce dessus. Ils ont failli débouler. Joli duo.

– Pourriez faire un peu attention, Duclos!

– Je ne pensais pas que c'était vous...

– Avancez...

– C'est vraiment gentil d'être venue…

– Regardez devant!

Ils sont au sous-sol, maintenant. Un sous-sol humide, sombre mais vide. Rien à signaler. Rien d'anormal.

– Bon, vous êtes content, Duclos? Rassuré? chuchote Huguette. Il n'y a pas un chat ni de ronron! Allons dormir!

À cet instant, un grincement les fait sursauter. Une porte s'ouvre au fond du sous-sol. C'est Carla et Antonio. Ils approchent lentement en discutant.

– Cachons-nous vite! fait aussitôt Huguette en ouvrant la première porte qu'elle voit.

Ils s'enferment à l'intérieur d'un placard à balais minuscule et poussiéreux.

« S'ils ouvrent, nous sommes perdus… » se dit Huguette en retenant ses sanglots.

« Heureusement qu'Huguette est là… » pense Duclos.

Ils tendent l'oreille et peuvent entendre parfaitement la conversation qui se déroule tout près du placard…

– Mais pourquoi ton Pépé n'a pas pu se rendre chez Sancho ? demande Antonio.

– Le petit gros avec le fez n'avait ni passeport ni papiers, lui répond Carla. C'est lui qui a tout fait rater ! Ils ont été arrêtés à la frontière. Sinon, le plan était parfait.

– Mais pourquoi ils aboutissent tous ici aujourd'hui ?

– Ne t'inquiète pas. Ils repartent demain très tôt.

– Tu crois que Pépé soupçonne quelque chose ?

– Pas du tout. Je lui ai dit que je partais en Suisse.

– Pourquoi en Suisse ?

– Parce que c'est loin. Il n'aura pas l'idée de me suivre.

– Je retourne au boulot, Carla.

– Pas question d'imprimer des pesos ce soir, Antonio. Tu m'entends ? Imagine s'ils se réveillaient avec le bruit de l'imprimante. N'oublie pas qu'il y a un policier avec eux…

– Bof, tu l'as vu ? Il n'a pas l'air très menaçant.

– Je sais, mais restons prudents.

– Nous avons une livraison cette nuit, Carla. Giorgio passe prendre les pesos vers 5 heures.

Dans le placard, Duclos comprend qu'il est sur le point de démanteler à lui seul un important réseau de faux-monnayeurs. Il voit déjà sa photo à la une du journal demain. Et il pense à la médaille qu'on lui remettra sans doute. À la gloire qui l'attend.

Dans le noir, Huguette frissonne et Duclos sourit.

10

Le taciturne gardien de prison avance dans le corridor en se traînant les pieds. Il s'arrête devant la cellule d'Albert, saisit son gros porte-clés, enfonce une clé dans la serrure, tourne deux fois à gauche et une fois à droite. Il déverrouille.

– Albert Pomerleau, vous êtes libre, annonce-t-il sur un ton monocorde.

Albert se demande s'il a bien entendu.

– Rendez-vous au bureau pour récupérer vos objets personnels.

– Je suis vraiment libre ?

Le gardien hausse les épaules. Il n'a pas l'intention de répéter.

«Brad, sans doute… se dit Albert. Brad a exaucé le troisième vœu. Ennnnnfin!» Albert est soudain rempli de reconnaissance.

À l'heure qu'il est, le génie est sûrement retourné dans sa potiche. Il ne le reverra jamais. Albert pense qu'il aurait dû être plus gentil avec le génie la dernière fois qu'il l'a vu. Mais il ne pouvait pas savoir. Et puis tant pis. Cette histoire est maintenant derrière lui.

– Je suis libre… se répète Albert, le croyant à peine.

Il ne peut s'empêcher de sourire. Et dire qu'hier encore, il portait le poids des accusations…

– PAPAAAA! crie Jules en fonçant sur lui.

Dans le corridor, Huguette et Guillaume accourent aussi. L'aventure est bel et bien terminée. Soudain, Albert blêmit.

– Que se passe-t-il ? s'inquiète Huguette.

– Je peux savoir ce qu'il fait là, LUI ?

– Qui ?

Albert pointe Brad, assis sur un petit banc de bois avec Pépé. Il s'approche d'eux, exige des explications. Pépé s'empresse de lui confier sa peine...

– Ma Carlaaa ! gémit-il. Yé voulais l'épouser, Alberto. L'amour est si crouel.

– Je n'ai jamais oublié Mimi...

– Carla !

– Mimi...

– Bon ! Ça suffit ! s'impatiente Albert. Je peux savoir ce qui est arrivé ?

– Avec Carla ?

– Avec les faux-monnayeurs !

– Ah. Yé croyais qué mon cousin Sancho avait oune pétit commerce dé castagnettes, mais il faisait lé commerce des faux pesos et ma Carlita était complice!

– Attendez… l'interrompt Albert, qui ne saisit pas du tout. Ce n'est pas Brad qui a exauc…

– Chuuut! fait Jules à son père, qui allait parler des vœux devant tout le monde.

– La bonne nouvelle, c'est qu'on a toujours notre troisième vœu, p'pa, lui chuchote Guillaume à l'oreille.

Ils feront le récit détaillé de toute l'histoire plus tard.

Pour le moment, ils sortent de la prison. Et dans la lumière de ce splendide après-midi de juillet, ils savourent le goût de la liberté.

– On rentre à la maison ! lance Brad en hélant le taxi qui les mènera à l'aéroport. Pépé, tu viens avec nous !

Un taxi s'arrête. Brad monte devant. Pépé, Huguette et Guillaume derrière, et Jules s'assoit sur son frère. Ils empilent les valises sur eux et hop ! le taxi démarre en trombe sans que personne s'aperçoive qu'ils ont oublié quelqu'un sur le trottoir…

– Hé ! Ho !?!! hurle Albert, en agitant les bras. Vous n'allez pas me laisser seul ici ?

– Vous n'êtes pas seul, murmure un valeureux agent derrière lui.

– Duclos ?

– Vous savez que sans mon habile intervention tactique, vous seriez toujours derrière les barreaux, Albert? Regardez l'ecchymose, ici. Et celle-ci, sous l'œil. J'ai risqué ma vie en sortant de ce placard à balais. Pour vous!

– TAXIII!

– Au fond, j'ai toujours su que je démantèlerais à moi seul le réseau Poncho del Pancha.

– TAXIIII!

– Ma mission est peut-être de travailler dans les services secrets. Qu'en pensez-vous? Vous croyez que le FBI va me recruter?

– TAXIIIIIIII!!!

LE PETIT MOT DE L'AUTEURE JOHANNE MERCIER

Ce que je vais vous révéler ici est la pure vérité. Pour cette cinquième aventure de Bradoulboudour, j'avais décidé de plonger le génie dans un sérieux pétrin. Je voyais Brad derrière les barreaux d'une prison. Éploré. Suppliant. Dans un piteux état. Je voulais qu'Albert Pomerleau soit en position de force, pour une fois. C'était mon point de départ. J'ai commencé à écrire *L'affaire Poncho del Pancha* en marmonnant: «Hé, hé, hé! Bradoulboudour, tu ne sais pas ce qui t'attend, mon petit génie...»

Mais je ne sais pas comment il s'y est encore pris, magie, sorcellerie, pouvoir de génie, allez savoir, c'est encore Brad qui a pris le contrôle du fil de cette histoire! Je n'ai rien pu y faire. Albert s'est retrouvé en prison à la place du génie et la famille Pomerleau a été piégée. Tout comme moi.

Il nous a eus. Mais attention, Bradoulboudour, je n'ai pas écrit mon dernier mot! Oh que non!

Série Brad

Auteure : Johanne Mercier
Illustrateur : Christian Daigle

1. Le génie de la potiche
2. Le génie fait des vagues
3. Le génie perd la boule
4. Le génie fait la bamboula
5. L'affaire Poncho del Pancha

www.legeniebrad.ca

Mes parents sont gentils mais...

ILLUSTRATRICE : MAY ROUSSEAU

Le Trio rigolo

AUTEURS ET PERSONNAGES :

JOHANNE MERCIER – LAURENCE
REYNALD CANTIN – YO
HÉLÈNE VACHON – DAPHNÉ

ILLUSTRATRICE : MAY ROUSSEAU

www.triorigolo.ca

Recyclé
Contribue à l'utilisation responsable
des ressources forestières
www.fsc.org Cert no. SGS-COC-003153
© 1996 Forest Stewardship Council

Marquis imprimeur inc.

Québec, Canada

2009